U0164326

風滿樓詩藁 三編

馮康侯

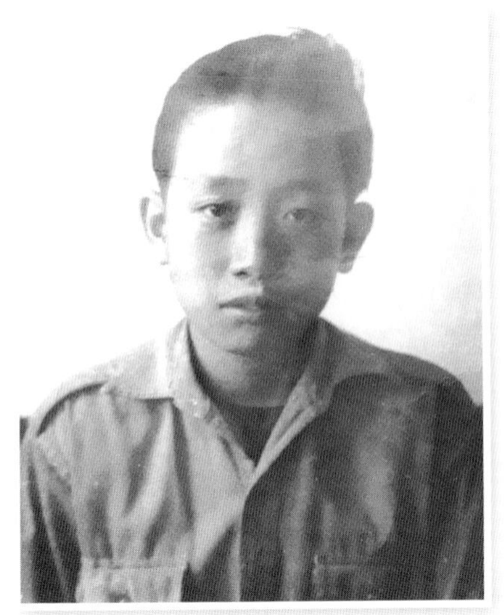

李鴻烈童年留影， 約 1946 年

1959 年 8 月，李鴻烈與梁簡能老師合影於「古今名家書畫篆刻欣賞會」

李鴻烈書贈駱雁秋

左起：李平、李鴻烈、方之光、駱雁秋、陳樹衡

八十年代，李鴻烈與港臺文友雅集香港

後排左起：李鴻烈、黃永武、常宗豪

前排右二起：汪中、吳璵、李善馨、常宗豪子、常黎曉明

1981年，李鴻烈與謝季哲（左二）、劉紹進（左三）遊成都合影

2017 年 5 月，李鴻烈與臺灣吳璵教授香港合影

1959 年，李鴻烈與聯大詩社師生沙田雅集合影

最後第二排左起：陳汝栢、李鴻鈞、陳湛銓老師
最後第三排左起：鄭水心老師、王淑陶老師、周嘉強
第三排左二：關殊鈔
第二排左起：熊潤桐老師、陳湛燊（左三）
第一排左起：曾如柏老師、李鴻烈、梁簡能老師

1981 年，李鴻烈與臺灣文友合影

左起：石永貴、秦孝儀、李鴻烈、楊震夷

2018 年 9 月，李鴻烈與陳永正教授宴集香港翠亨邨酒家

左起：程中山伉儷、陳永正伉儷、李鴻烈、黃志光伉儷

2018 年 10 月，李鴻烈與仁學會同仁雅集於嶺南會所

後排左起：程中山、黃小蓉、馬順富、陳祖華、陳若嫻、周正誠、趙淑賢、伍秋蘭、劉碧娟、江琳、林樹德、胡泉展

前排左起：梁婉儀、黃志光、雷偉標、李鴻烈、周忠漢、何偉祥、曾婉媚

2015 年，李鴻烈與長子李貫行遊日本石川縣加賀市鶴仙溪

2018 年，李鴻烈日本賞紅葉留影

李鴻烈書法

李鴻烈攝於其書法旁

風遠樓詩稿三編

李鴻烈

目錄

二〇一四年

二〇一五年

二〇一六年

二〇一七年

二〇一八年

二〇一九年

自題《風遠樓詩稿三編》

李鴻烈

其一

江水東流不復歸，雨餘春草自難齊。青燈也解詩人老，開卷先為照舊題。

其二

吟詠隨人詩豈高？心肝嘔出亦徒勞。庖丁依理解牛了，四顧躊躕立善刀。

其三

不尚艱深不尚奇，逞才還待出精思。詩成莫示癡人去，說夢百年終費辭。

其四

尋常一字推敲遍，甘苦能知有幾人？高樹老鶯猶苦囀，為酬曉雨數聲新。

其五

去水浮生寂寞程，更無誰與惜惺惺。千詩早斷藏山念，偶爾吟哦祇自聽。

其六

絕響千秋燕市歌，漸離公叔未蹉跎。公叔，荊軻字。陽春白雪空高調，屬和數人堪算多。

其七

少日常哦歸去來，淵明風味念成胎。如今浪漫情堪哂，三徑胸中沒野苔。

其八

落花流水輸春色，已為人間造美時。多少啼鶯聲不息，等閑聽了莫瞋癡。

其九

聲律全虧豈是詩？中西別扭更難醫。何堪更炫不通句，「神秘」「朦朧」亂鑄辭。

新詩派名。

二〇一三年

雜著，侵韻成三短章

其一

元亮無絃琴，能生天地音。希夷輕一弄，雜鳥靜千林。

其二

稽康得妙理，飲酒復彈琴。一散廣陵絕，飛鴻無處尋。

其三

自然原不易，所變在吾心。眾鳥高飛去，終焉返故林。

無眠

日落水流東，人間成今古。無睡仰諸天，時見流星雨。流星雨零宵復宵，如何飛共流星舞？

雜著二首

其一

老眼看閑世，無聊唯寫詩。明朝不可說，還愛道今時。

其二

佛言不可說，萬法無定情。愚者談來世，何如夢囈聲？

寄偉標德國漢堡二首

其一

斜陽亦云下，江水自東流。歷歷物無住，飄飄心是鷗。遙憐千里外，獨走眾山頭。連寄催歸語，樽前細讀不？

其二

妙絕想斯人，飄然一葉身。浮雲同去住，世事懶經綸。異國豈多侶？長街聊買春。生涯多況味，嘗遍得天真。

微醺夜坐至旦

過雨炎風夜，星星閃太清。疏車傳遠響，無睡當殘更。白髮醉後語，黃鸝春盡聲。低眉偶一笑，堅坐到平明。

寄偉標德國

之乎者也人，真有可人處。揚揚獨上漢堡山，日日傳來好詩句。飲酒莫盈腹，盈腹教人醉。醉語荒唐尚堪聽，最難酒罷垂清淚。

雜著三首

其一

有恨情始篤，無恨心全木。屈陶李杜皆恨人，故留肝肺詩語後人讀。

其二

登高當望遠，望遠輕藉借。試讀伯玉登臺歌，方知愴然涕淚不輕下。

其三

寫詩如喫茶，初則味其苦。但得詩成一快歌，何異凍禽雪晴振翮羽？

知偉標參觀柏林圍牆舊址，寄詩三首

其一

昔年曾隔萬千家，百里圍牆是毒蛇。我亦高歌自由者，歸來為帶粒殘沙。

其二

圍牆片石血三升，勇者當年拚死登。無懼精神是不屈，自由寧許任憑陵？

其三

歌聲歡樂九天聞，掃盡東西惡氣氛。解道伯恩斯坦氏，教人長憶貝多芬。

柏林圍牆破折日，偉大指揮家伯恩斯坦率柏林交響團奏貝多芬第九交響曲〈歡樂頌〉。

和答偉標失意獨遊歐洲見寄二首

其一

君言失意即周遊，歷遍東西三大洲。我亦平生失意者，去來環尾與環頭。謂香港中、上、西環。

其二

出入千回啤酒城，胸中壘塊可曾平？人間猶有億阮籍，處處窮途聞哭聲。

重退休

肝肺平生熱，天寒慣飲冰。何傷秋後扇，豈作案頭蠅？貝葉空藏寺，晨鐘未醒僧。推門拂袖去，神馬再飛騰。

讀王偉頤《也無風雨也無晴》二首

其一

無所從來無所去，見《金剛經》。眼前心上本來同。蘇云回首無晴雨，東坡。早悟吾生過去空。

其二

自然萬法本如此，休較微塵與大千。過後風波莫存念，浮沉悲喜兩徒然。

不見臺灣楊震夷兄幾三十年矣，一旦通話，樂何如之，即寄一律

故人相望隔雲天，一旦輸心到耳邊。老去光陰看逝水，崢嶸意氣尚當年。殊方花放同時節，兩岸鷗飛競後先。謂海峽兩岸互通也。擬入彎溪泛明月，楊兄宅居於是。聯床好作夢清圓。

癸巳追月碧湖黃氏亭亭亭，有懷雷偉標捷克

歲歲今宵月，高飛海上天。清輝兩地掬，何必定團圓。

我身

身如虛舟，無繫無著。偶來閑客，對坐歡噱。人或有問，應以崖略。點首而去，報我匪薄。忘言至妙，何為聲作？一笑各散，靡期後約。存天地間，彼此相若。難得心齋，不悲不樂。

雜著二首

其一

風物連朝造早秋，濕雲繚繞遠山流。埋憂地下寧無處？明鏡殷勤問白頭。

其二

神馬孤飛山越山，《莊子．大宗師》「以神為馬」。此身疑入半禪關。嶺雲海日樓詩在，丘逢甲集也。點讀從頭不耐閑。

宿日本新宿偕貫行兒

木葉儘黃落，楓紅方見秋。人來霜雨後，色染碧山頭。塵土經年積，湯泉一洗休。無眠枕四島，長夜聽颼颼。日美方勾結，竊我釣魚島。

日本鎌倉丹覺寺

鎌倉丹覺寺，臨濟實其宗。大乘初來日，鳴山偏是鐘。寺有千年古鐘。眼前一果地，心上萬雲松。象教饒真力，東瀛鎮毒龍。謂應以佛力教化安倍輩也。

南京大屠殺七十六年

三十萬人當日血，東瀛有水洗難清。欲揮長劍凌空去，富士峰巔一削平。

偉標將赴汨羅弔屈原

為弔靈均訪汨羅，臨江應唱九章歌。霜花可摘須盈掬，灑向悠悠帶恨波。

雷偉標將赴嶽麓山拜蔡鍔，先寄一絕

舉國高談造共和，中山而外數松坡。任公門下斯人傑，劍鍔心光早已磨。

歸休廿四年口占

廿四年過老若人，難言富貴亦非貧。寒風連日蝸居裏，默向冬懷檢剩春。

二〇一三年倒數洋除夕維景灣畔

倒數迎新歲，微吟守故廬。煙花懷少日，燦爛映殘書。豈信揚雄閣，終成寂寞居？漢子雲以事牽連，投閣幾死。京師傳言「惟寂寞，自投閣」，不可信也。春風明日到，為我扇庭除。

二〇一四年

余詩集成，舊盟逝者泰半矣，欲寄無由，感賦二章

其一

兩岸風濤六十秋，萬千情苦去來鷗。舊盟泰半無聲別，不為吾詩作少留。

其二

詩卷要留天地間，是真文字不能刪。無心更作招魂賦，精魄應歸一讀還。

二〇一四年二月四日，鳳凰電視「海峽兩岸」播臺灣抗日史事，竟無一語及丘逢甲者，書一絕以記之

首倡臺灣民主國，國建不一載而寢，然其意義則重大矣。虎旗高舉氣堂堂。國旗藍地只繡一虎。
英雄事去無人說，青史應書彼一章。

江蘇徐州道上

兵家成敗不尋常，求證徐州大戰場。國共徐蚌會戰，又名淮海戰役。成已成王敗豈寇？未
枯史筆有文章。

過江蘇宿遷 項羽故里。

江東子弟多才俊，借杜牧句。未必從君捲土來。得冠沐猴焉足王？怨天亡我可憐哉。

過山東薛城 馮諼持券為孟嘗君收租故邑。

不市瓊琚市義回，千秋什一此奇才。求魚彈鋏留真響，豈作雞鳴犬吠哉？

晨起口占，寄偉標，並柬志光

其一

每見新花憶舊年，喜君好語寄連篇。案頭書卷堆成陣，大笑出門唯仰天。

其二

平生抱卷真知味，偶爾看花奈白頭。釜裏黃粱枕上夢，低眉一笑北窗休。

過中大聯合書院校史館口占

舊調絃歌心上聲，攜將今日一時鳴。無言桃李荒蹊老，花見相思雨後生。臺灣相思樹雨後盛開。

題許灼勳所藏黃虛舟《洗馬圖卷》

報渠能事筆，天岸降人間。一洗當馳去，飛黃不耐閑。

七月一日感事

魚爛非一日，波翻江欲枯。驚雷時三五，充耳總模糊。謀國有成策，同心惟一途。
何為爭鷸蚌？環水俟漁夫。

八月

驕陽八月如常客，朝過窗扉午入門。何日清秋訪知己？江樓斗室一寒暄。

蓮香茶室

瞇眼茶煙認故知，更無頭額見青絲。匆匆共歷人間世，尚聽喧嘩到幾時？

聯合國二首

其一

自由民主屬前提，待達還須走百蹊。六十九年何處去？聯合國安理會成立於一九四六年。至今還在辨東西。

其二

歷史長河萬古流，風濤何岸泊方舟？自由民主俱重載，百輩艄公相對愁。

金鐘九月二十九日即事

鷹隼遠颺聲繞雲，喚春燕雀噪千羣。金鐘已響連三日，待看中朝聽幾分？

九日生朝寄長兄鴻鈞加國四首

其一

所念似星遠，照顏臨水湄。秋風憐皺影，放緩不頻吹。

其二

避害無多地，長房今亦愁。茱萸心插了，休讀杜悲秋。

其三

老去感時節，共知行路難。住歸都有礙，還自強加餐。

其四

半世經離亂，忘言到去留。寒雲方杳漠，鬱結海門秋。時香港正反「佔中」之鬥漸趨劇烈。

南京小姜期明秋共賞楓葉

棲霞楓葉色，紅透待秋深。千里金陵會，悠悠一片心。

秋感

斷島日風雨，羣鷗驚去來。節云重九近，未報菊花開。北雁自不到，南雲空作媒。海城燦燈火，變幻萬千堆。

兩短章寄偉標

其一

四川雪，寒十月。北風吹，斷人髮。頭白峯巒不可越，且歸漫遊詩酒窟。

其二

星期六，新醅熟。擘秋螯，甘滿腹。無腸正待汝來復，百曲清詞歌未足。

「國學大師」詠二首

其一

半紀上庠諸事非，吾華國學盡支離。一從賓四東歸後，錢穆於一九六七年離港赴臺。香港何曾有大師？

其二

書名牌匾寫千百，隻語曾無談九家。爛筆數枝圖水墨，炫堂錢樹盡開花。

讀羅素二首

其一

吾人知識無全面，遑論精微到貫通。解道莊周齊物意，吾推西哲此翁雄。羅素曾言：中國哲人，首推莊子。

其二

應無恐怖對無聊，自上心燈黑夜燒。古道悠悠獨來去，前賢一一見風標。羅素云：對無聊而生恐懼，吾人罪過半生焉。

讀維根斯坦二首

其一

世界隨機巧合成，因緣和合不曾生。一離一聚各適性，萬法從無金石盟。維氏云：世界是彼此獨立之事態隨機巧合而成者。

其二

事莫難於不欺己，中庸慎獨早明言。互聯網裏多蛇鼠，欺己欺人教子孫。維氏云：人生難事，莫過於不自欺。

聽歌二首

其一

稚情少日愛黃白，本事清歌心上銘。老去連宵聽此曲，抬頭瞇眼望秋星。聽黃自名歌〈本事〉。

其二

白雪飄車沒轍痕，輕韁策馬獨銷魂。松杉礙日寒林靜，有女遲渠寂寞門。聽威華特〈四季冬〉第二首。

雜著十二首，本《南華真經》意

其一

解牛骨肉辨分毫，顧盼躊躇氣自豪。技到神行誰解得？庖丁前已折千刀。

其二

不龜手藥沽殘價，大瓠終成惠子憂。無用一翻成有用，世人應省此從頭。

其三

雲鵬徒願徙天池，待搏扶搖未有期。大地山河任君主，鷦鷯惟願寄卑枝。

其四

空藏不用亦徒然，千億黃金等廢錢。尸祝代庖供一笑，許由白眼對青天。

其五

罔兩長隨影去來，罔兩，影外影陰。不關特操與良媒。大千無物不相待，豈獨蛇鱗蜩翼哉？

其六

神明勞甚昧於同，三四四三全可通。朝暮賦猴唯橡子，有司何不效狙公？

其七

越人眼裏無章甫，殷冠名。河伯心中祇百川。直到望洋方歎息，昏愚宋賈亦堪憐。

其八

換了時空換了心，麗姬深悔涕沾襟。筐床芻豢悲轉喜，面目芸芸留至今。

其九

黃金作注成心累，瓦片易之驅此魔。中不中同忘得失，神弓后羿奈君何？

其十

形骸變化同錘鍊，天地洪鑪名自然。補鼻息黥從造物，得乘大道到無邊。

其十一

一從伯樂施識力，眾馬奈何離自然。燒剔羈馳齊刻烙，治馬七法。死殘十九廐槽邊。

其十二

材與不材論定難，更難輾轉二維間。材與不材之間。有生只為濟時用，材與不材皆等閑。

哀民主、悲香港詠

人類歷史兩蠻觸，一曰民主一專獨。民主專獨日相傾，歷史蟻步方行速。如今香港德先生，謂所謂民主派。橫行洪水湮陵嶽。既無獨裁與之爭，又非專制與之角。陸離口號亂高呼，已到瘋癲飲狂藥。更有泛民助波瀾，言論荒唐不一足。黥劓自由蠢人權，竟效野人獻冬曝。不知國情互有殊，汝之靈丹我劇毒。問君何以興民主？在端傳媒正教育。教育偏頗傳媒乖，故令百直遭扭曲。哀哉全城沉默民，飽聽喧嘩到麻木。東方之珠看黝黃，治亂明朝未可卜。

民主自由平等吟

英哲培根堅主張，讀書大用在衡量。非所以炫耀，非所以宣揚。非所以詭辯，非所以逞強。治國猶無完美之體制，救世誰出百驗之藥方。國情世局恆變化，衡量尺度寧能常？會須吾人漸進之試驗，共表大公無私之心腸。庶幾穩舉民主之旗幟，一奏自由平等之樂章。

籲佔中者歸家吟

民主非同十二碼，足球。一蹴或得一城下。又非登高振臂呼，萬馬千軍競參佐。更非黃袍自加身，百官文武來拜賀。美倡民主逾百年，黑白至今日相罵。馬丁路德金夢言，餘音雖在早云破。甘地絕食爭平等，還看賤民尚無奈。民主步伐蝸上牆，黨派鬥爭蟻旋磨。既言民主究在民，共識凝聚誠要課。教育傳播以成之，脅迫蠻橫寧藉借？汝爭民主先殃人，焉得同心與唱和？打傘鳩鳴更無聊，落得全城痛棄唾。不如抖擻早歸家，官民協商共起坐。

讀程中山編《香港文學大系·舊體文學卷》

程生編詩若耕織，朝昏起坐不遺力。翻書覆冊日校讎，一字教渠忘飲食。逝者無由與之接，洛誦猶能藉副墨。有時勝概忽遄飛，抱卷何異見顏色？古道悠悠痛崩壞，百年誰者是蟊賊？今攤斯卷聊慰情，入吾老眼豁胸臆。

對賴茅

咸陽來散人，遺我樽賴茅。素知賴茅味香美，後勁強烈如剛刀。置之坐側彌三月，未飲已覺情陶陶。我非其人堪斯釀，胸中縱有壘塊寧敢澆？儘敢澆，得逍遙。賴茅即日盡，壘塊又明朝。又明朝，無由逃。不如人酒成心約，不開不飲朝昏相對豪。

二〇一五年

花鳥

花鳥悠悠金石盟，故教天地不勝情。黃鸝解意棲高樹，待報花開第一聲。

花市

一市賣花呼合時，何曾為汝揀花枝？我生行世同花市，苦選花枝奚以為？

讀莊子《胠篋篇》

固鐍攝緘都下乘，賊來負去似過兵。高人得計移海外，百一收藏供數生。貪腐可亡國。

感事四首，時香港特首競選提名

其一

紛紛雜鳥意何痴？噪了南枝又北枝。里巷人家默相待，無風無雨入春時。

其二

枝頭萬蕾待春陽，陰雨跨年零未央。不是得花唯賞色，更要蜂蝶共芬芳。

其三

鶯遷高樹鳴春早，燕守故巢知主深。萬物行藏隨所適，乘除原不自初心。

其四

道雜紛繁豈救亡？見《莊子·人間世》。拈花微笑不聞香。見《佛門雜錄》。淵明妙悟得此理，祇撫無絃琴一張。

馬勒《大地之歌》二首

其一

大地山河破碎存，因君九曲為相連。死生哀樂原如此，枉乞羲和快著鞭。

指揮家柏恩斯坦謂馬勒此交響曲為「告別交響曲」，又黃仲則詩：「茫茫來日如愁海，寄語羲和快著鞭。」

其二

歌罷酒闌終別君，繁絃急管任紛紛。茫茫大地歸何處？獨向空山侶白雲。

讀莊子《達生篇》

東西南北自推移，平野羊羣覓草時。善牧從容惟一著，視其後者以鞭之。今之為政者亦當如是。

「精神勝利」二首

其一

合眼看花更覺妍，先師陳湛銓句。屠門大嚼味尤鮮。見桓譚《新論》。精神勝利無中外，唐吉軻德應謂然。德字應作平，以人名故，不恤也。

其二

出門西向長安笑，見桓譚《新論》。騎鶴揚州腰萬錢。見《殷芸小説》。可愛精神勝利者，高歌更好在明天。〈明天會更好〉一曲，余甚愛之。

馬勒第二交響曲《復活》

人間天國重疊處，大智精神時往來。猶在人間思復活，樂音萬變亦奇哉。

寄劉樺濠鏡

明月飛光海上生，魚龍有夢轉幽清。相思千里無時節，大道偕行要弟兄。想像春風滿濠鏡，可能密約到山城。謂香港。閑詩未許懷中寂，攜向公前唱幾聲。

轉識成智

大地山河，萬法唯識。識外無境，心眼虛白。轉識成智，先賢用力。黃老未成，難言孔釋。吾道蒙莊，於斯獨得。外標平齊，接物之則。內言變化，事理終極。齊物逍遙，南華警策。

開賴茅

人尊相對一年強，目擊心惟意味長。壘塊得澆平此夕，醉魂休問落何鄉？空瓶猶抱招冰魄，妙理容參入勝場。要寄斯吟與逸客，謂遺余酒者西安梁君。料知吾賞賴茅香。

活在當下

過去休追憶，未來寧可思？時空情割裂，祇愛活今時。

感事二首

其一

春光云逝三之二，老調猶聞鶯亂啼。無奈眼前心上事，江流東去夕陽西。

其二

細柳飛花總礙晴，亂山清峭雨雲生。北來有鳥時三五，高唱無酬枉用情。

寄仁學會諸子二首

其一

已磨神劍懸塵壁，尚見寒光閃破鞘。進退發揮知可大，旁通從未動初爻。《易》六爻發揮，旁通情也。

其二

倘得數言君與和，敬余斗酒置同閑。長安新雨來相問，老杜飄零一展顏。

喜晤石井忠久先生東京文京區湯島聖堂

胸中丘壑自軒昂，仗此男兒走四方。歷遍中華好山水，先生數十年間，曾蒞華逾三十次。故揮大筆寫文章。孔門今古康莊道，湯島繽紛桃李堂。白首相逢同一笑，共看眉宇有輝光。

日本中山加賀市鶴仙溪

落了櫻花春服成，遊春那復問陰晴？都人歌詠浴沂樂，三百年來溪水聲。

三百年前某藩王遊是溪，自云得浴沂舞雩之樂，則洙泗流風遠被審矣。

鶴仙川床

波溜苔床織簟文，谷傳鶯語挽東君。松楠礙日參差影，每到風來散綠雲。

海峽兩岸有關事務主管負責人會面金門

兩岸當年戰死魂，風濤聲裏舞雲端。婆娑似作無窮意，兄弟應歌相見歡。磨玉崑崙行結合，斬蛟釣島靖波瀾。東南海域今牛渚，守護然犀莫晏安。

雜著二首

其一

白髮凋疏珍曉鏡，黃花落盡愛青枝。青枝曉鏡輝顏色，每共先生相對時。

其二

窗容山綠供明目，懷剩冬溫催早春。萬紫千紅行可見，明朝要作賞花人。

和楊震夷兄〈去贅書懷〉見寄

有無抑無有？誰與分假真？世界本無象，何物環四鄰？冥坐想桃源，時或得通津。
浮生住浮世，同為大千塵。順變且為歡，斯情堪足珍。萬法隨心起，四時都是春。
抖擻攘恐怖，念念無不新。形神二如一，要愛當下身。

蓮花山炮臺眺虎門二首

其一

與和梵鐘高寺鳴，心潮迴蕩作英聲。威嚴雙虎中流踞，猶表當年護國情。

其二

橋上來車江去船，海門深大海珠妍。堂堂黃埔軍魂壯，鷹隼霜秋擊遠天。

陳沚齋兄來港，以忽忽不得把晤，悵然有作二首

其一

珠水南流香港清，爐峰北顧有餘情。相攜回首廿年事，竟負文章難弟兄。

其二

春樹暮雲知己情，朱絃誰解出真聲？明朝共飲珠江水，莫負相望白髮生。

重用前韻二首，寄陳沚齋

其一

珠江頭尾水長清，起我心波無限情。文字連枝無杕杜，伴非蘭友即梅兄。

其二

斷雁呼羣萬里情，海天斷續已聞聲。尋盟好待清秋節，點檢尊前問友生。

夏日寄陳沚齋穗城

我夢曾飛越，珠江到穗城。因君情意美，一路海風清。文字應經世，艱難待結盟。壯心猶撫得，大道好同征。

寄陳沚齋羊城並柬程中山

紅榴一角屋，曲巷記吾家。幼時家居芳草街。長夏少人過，無聊看日斜。耳邊來戰語，心上落初花。烽火連篇在，長歌當浩嗟。集中〈烽火寄長兄二十篇〉，皆於時本事也。

羊城舊憶十首

其一

白雲越秀過三春，萬樹飛棉落滿身。茅竹一枝乘我去，不知歸路問行人。

其二

賣荔聲中夏日長，石榴一擔滿街香。兒童渾噩不知價，祇引高腔呼睡娘。母晝眠，吾待賣荔者過而呼之。

其三

豪賢大路杳豪賢，日見流亡苦叫天。夢裏今還一觸覺，悽然兀坐轉茫然。

其四

區家祠外巨榕陰，在芳草街。鬥蟀清秋日日尋。問舊數番人不識，前曾三度尋訪。風波全碎我童心。

其五

當時童稚識之無，細數老榕非六株。三十年間幾登塔，風光俯仰又全殊。

其六

五嶺北來峰在地，九州南盡水浮天。上二陳恭尹句。登樓憶昔渾不覺，房舍儼然，寧見水浮天耶？唯見木棉紅欲然。

其七

羊城風味妙誰知？致美一齋殊可思。醬料店。陣陣麻香留我住，不隨娘走立多時。

其八

市集隨娘日去來，愛聽呼賣幾徘徊。最憎夜裏聞擊竹，賣混沌麵。似為亂離申大哀。

其九

曲街矮屋數人家，芳草街。五月荷開寂寞花。雨後蛙聲爭亂出，一塘生意了無涯。

其十

日待江頭閱過船，待父船歸。不知暝色已蒼然。師娘一曲悲涼調，猶繞差聾老耳邊。

三年前偉標退休，余以「得汝來從應更佳」之句贈之。今亭亭亭主人志光亦云退休矣，余遂以斯句作發端，喜成一律以為贈也

亭主今從重更佳，相隨林下放形骸。早通閑鷺忘機意，共接長風豁浩懷。月前相與海上遊，真有此意。天地一書還汝讀，文章大道邁吾偕。春秋美日安排了，來聽高吟出小齋。

感事

香港回歸夜，煙花飛滿天。宏廳聽今日，立法會議事廳。急管鬥繁絃。道也一輕重，行之分後先。同心來共寫，民主自由篇。

聞中山、小蓉還鄉採荔枝二首

其一

聞汝還鄉採荔枝，起余幼住嶺南思。紅雲一擔來呼賣，半巷兒童拍手隨。

其二

日啖荔枝三百顆，借東坡句。東坡妙語解何人？寥寥四句廿八字，謂惠州詩。道盡嶺南風物春。

送偉標之波蘭

又向波蘭去，及歸應晚秋。瓜分如我國，波蘭曾三遭瓜分，如我國遭列強割據焉。敵愾更同仇。汝訪蕭邦宅，詩來風遠樓。斯文感百世，得接意方休。

晶希臘三首

其一

愛琴海養哲人多，今奈無餘一箇何？且學超人讀尼采，高歌猛進莫蹉跎。

其二

前人用了後還錢，國債民償是必然。莫愧柏拉圖往哲，要從死地闢生天。

其三

晚清困頓百餘年，謂自鴉片戰爭後。國債償還後接先。端賴全民起奮戰，如今一往更無前。

炎夏寄中山、小蓉二首

其一

既愛旅遊兼讀書，知君心上有宏圖。莆田已去啖新荔，可得嶺南風味無？

其二

千秋學術一長流，汝倆遡迴同泛舟。碎玉零金果淘得，盡教潛德發光幽。

題先師陳湛銓《修竹園前集詩選》

斯文不可絕，萬古水東流。鷹隼擊何處？風霜橫勁秋。詩存過萬首，氣壓最高樓。何日來吾手？放懷全讀休。

斥美國大小布殊、奥巴馬

二戰曾無粒彈到，謂其本土。環球許汝作龍頭。寧知物望因時輩，竟是強梁霸主流。歿者成蕉血淚在，《莊子·人間世》：「死者以量乎澤若蕉。」太平無日死生休？上二句謂中東戰亂慘況。魚蝦蟹鼈從君舞，又見海南多事秋。謂菲、越、馬、星、印、澳也。

責日本安倍解除安保條款二首

其一

昔作豺狼今走狗，蝦夷粉墨急登場。堪悲為政不史鑑，等是無鹽頻換妝。

其二

三千五百萬人血，猶濕大和軍隊刀。抱歉一聲猶未説，又來黃海起波濤。

自由與革命

自由兮自由，多少罪惡假汝之名以行。羅蘭夫人兮，我今猶聞汝悲壯之正聲。政局陷沮洳，口號相憑陵。人皆一中心，理路難清平。相率殺戮日無已，性命直如螻蟻輕。細算百年世界革命之枉死，猶過昔日法國塗炭之蒼生。

香港人語，時「佔中」鬧劇未寢

歷史如長河，時或遭壅滯。不可藉意量，一日千里計。壓抑即橫潰，鼓動則澎湃。後進待盈科，孟軻有深意。孟子：盈科而後進。談民主自由，美人稱國粹。加之以人權，由來傲當世。可憐斯三者，業績猶曖昧。悠悠二百年，疵謬紛然在。世局非戰場，領軍靡定派。必欲勝他人，到頭必大敗。但求取平衡，相容不互擠。口號日徒呼，百害鮮一利。香港同夜市，焉能得安睡。和氣是所圖，除此更無二。

安倍八月十五日演講二首

其一

詞書千百任君翻，「道歉」「賠償」解豈難？鼠輩琢磨經載了，片言猶不與相干。

其二

國罪淵深早自知，奸人百計曲言之。自成一派修辭學，安倍榮膺更讓誰？侵華殺戮，罪孽深重，僅云反省，是何言哉？

讀史

人間正道是滄桑，毛澤東語。正道滄桑亦慣常。遍讀百年中外史，滄桑正道太蒼涼。

重讀康德二首

其一

理性之中無上帝，唯從實踐或親之。時空形式原先驗，萬法祇知毛與皮。康氏云：吾人恆配有色眼鏡觀物。

其二

學問唯從批判得，更無真理屬超然。唯心唯物常更替，二者難云孰後先。

再讀尼采二首

其一

超人明我勝今吾，息息恥為轅下駒。花樹向陽爭怒出，高歌猛進若前無。

其二

希魔那解讀尼采，「我的奮鬥」唯殺人。其所著書，「鬥」字宜平，書名故，不恤也。自是森林有法則，弱肉強食。施諸人類絕非真。

讀黑格爾二首

其一

「絕對精神」即上帝，二元心物一時萌。馬恩辯證倡唯物，馬克思、恩格斯。階級鬥爭從此生。

其二

建設都從破壞來，回頭建設又成灰。當年辯證論唯物，馬列因之是霸才。馬克思、列寧。

佛戒二首

其一

頌經禮佛生禪慧，運水搬柴長道心。萬疊蒲團都坐了，還須世路日登臨。

其二

一朝向佛要慈悲，豈是徒披百衲衣？正法眼憑微笑得，見《宗門雜錄》。拈花心印是耶非？

報載國內名寺某住持嚴重犯戒

慈悲我佛口頭禪，四字流行不計年。穿了袈裟圖掩飾，點餘香火即神仙？不翻貝葉求圓覺，只愛孔方忙結緣。莫讓名山僧稍佔，罡風先為淨烏煙。

抗日戰爭勝利七十周年閱兵，首邀老兵參加

人聲爆竹鬧宵長，日寇降，余九齡。七十年過未稍忘。我勝日降成歷史，中華正氣得昭彰。東南海域看多難，熊虎軍魂更要強。今日都門添壯彩，老兵神貌證滄桑。

屠呦呦膺諾貝爾醫學獎二首

其一

年過八十始屠龍，一表堂堂大國風。鳴鹿呦呦今聽得，極知此老是真雄。屠氏答楊瀾提問，妙語連珠，教人絕倒。

其二

烈日霜風已慣經，今看老樹最娉婷。明朝諾獎添幽默，我道斯人要首膺。屠氏既得諾獎，回國，楊瀾作電視訪問畢，云謝將去，屠卻挽其手曰：「吾應謝汝，汝未要錢而為余做節目。」隨而全場哄然，笑聲、掌聲不絕。

偕貫行兒遊伊豆半島，訪得「湯本館」，址為端川康成完成其名著《伊豆舞孃》居處，成詩二首

其一

少年維特之煩惱，書名，歌德著。今也川端筆下生。最美難期唯邂逅，不容半點夢中情。康氏云：「美在發現，在邂逅。」

其二

意識時空共一層，何須輕喚待渠應。煙泉背我何曾覺？一瞥回眸鑄永恆。時日本仍有男女同浴溫泉風。

朋有儲美酒於美國而欲撤回香港者，詩以促之

其一

一瓶不許留美，撤退應如佔中。佔中，無知抗議行動。商略來時苦短，人生有限春風。

其二

聞道兵營酒好，嗣宗率爾求官。忽報拉菲得所，拉菲，法國名葡萄酒。君家許我盤桓。

生活

生活方程式，瑜珈兼按摩。懷人書幾句，舒憤即高歌。

思酒口占

陶公有名訓，耕織供吾用。過此守何為？何如理酒甕？

哀美式人權自由

購械人同入超市，國旗下半亦尋常。槍擊死者多，則下半旗誌哀焉。裴多菲若生今世，每聽自由應斷腸。裴氏名言：「生命誠可貴，愛情價更高。若為自由故，兩者皆可拋。」

問義山

新詩欲寫苦無題，桃李空尋沓舊蹊。欲決吾疑時問汝，無題君詠甚東西？

恐怖極端分子行刑吟

恐怖極端成浪漫，屠人奇技變朝昏。行刑劇上互聯網，線線光纖皆血痕。

寂寂

鍾期死，伯牙杳。流水高山日荒寒，惟見去來二三鳥。鳥飛低，鳴聲悄。更無鐘鼓報昏曉。新月迷濛，朝日縹緲。人天消息沉沉從此了。

志光傳來〈慢活〉訊息，細讀之餘，頗有深意，成六言三章以覆之

其一

進退且隨吾意，風雲好入詩篇。大布粗衣自在，青天白日留連。

其二

何妨微醉當醒，偶爾行東向西。滿地斜陽不去，直須看到淒迷。

其三

三徑已無松菊，一人空自沉吟。多謝西風偶拂，管他玄髮霜侵。

二〇一六年

寄志光、婉儀，時彼倆漫遊南極

心上雲鵬時去來，祇緣極地未飛灰。寒香萬里應能到，要為游人寄一梅。

春情

架插書疏聊作伴，朋來音少漸闕情。此春負我花時節，祇送無端風雨聲。

春夜獨坐

花開花落非人事，其奈半生空過情。已慣無眠復無夢，最難風雨二三聲。

問東君

駭綠紛紅變又新，萬千蜂蝶去來頻。許人春色全歸未？且莫教吾惑假真。

丙申修禊黃氏亭亭亭

亭亭亭作晉蘭亭，修竹茂林心上青。逸少有靈雲際過，數聲疏雨是丁寧。

別書吟

棄置圖書委實難，何堪臨別再三翻。當年得汝如連璧，悔任塵封不數看。

讀維根斯坦二首

其一

萬象森嚴未是奇，見《五燈會元》。竟然出現耐人思。維氏云：世界非神秘，竟然存在則神秘矣。俄而無有此世界，莊子但云非可知。見《齊物論》。古今中外，論「變」之義，此最透徹。

其二

言語範疇同我身，越乎身者即非真。南山正合淵明見，每讀悠然想是人。「採菊東籬下，悠然見南山」，每讀誠有天際真人想也。

重讀黑格爾三首

其一

真理恆存矛盾中，祇緣正反鬥無窮。教人更想黑格爾，「絕對精神」開汝蒙。

黑氏以為可透過唯物辯證法中之「否定之否定」，人類最終可達至世界物質精神所由來之「絕對精神」。

其二

高談「人死於習慣」，黑氏語。日日更新方得存。正反合成重反合，別無他論可稱尊。

其三

太陽之下無新事，《聖經》語，黑氏但申其意，謂人類歷史即永遠循環之求變歷史。萬類求存競死生。不主自強而主鬥，猙獰馬列此中萌。

贈存在主義者

孤單恐懼苦吞聲，等待一生無所成。存在主義者，始終生存在選擇以求體驗其生存意義之狀態中。萬物紛然吾是主，起來大幹莫虛生。彼輩既云客觀事物本質，是由主觀意識決定，何不擺脫宿命，起來大幹一場。

「國學大師」四詠十首

其一

一千二百萬餘字，解讀至今能幾人？糞土柴煙出敗菌，了無片葉表花春。

其二

大師未解聲平仄，竟作長聯書寺門。神佛有時來一讀，相看狂笑動山根。

其三

時空人事紛然亂，一派誑言難得徵。官自中書稱國寶，堪悲學國已無燈。

其四

芳草童蒙朝拾去，暮稱高潔過屈平。上二句見《文心・辯騷》。屈字宜平，以人名故，弗恤也。
殘花那造青春得？枉遣昏鴉作好聲。

其五

朝治敦煌昏甲骨，明宣獨步氣高張。平生十九門專業，涓滴堪憐未濫觴。

其六

默遣猢猻吹又噓，斯人獨坐守深廬。偶揮殘筆成書畫，已辦家肥屋潤餘。

其七

為學為人可并豪，豁開心術始能高。娑婆世界金剛在，怒目瞪瞪安汝逃？

其八

向慣名前冠大師，「大師」一世果何為？曾翻珠海舊手冊，珠海書院一九五二年教職員手冊。卻見斯人包尾隨。

其九

甲骨朝翻暮楚辭，衣冠優孟舞書圍。百花採得方成蜜，豈是蜻蜓點水飛？

其十

「大師」為學看行情，如炒股票。朝讀詩詞晚讀經。達旦向人誇獨步，可憐所得祇零星。

春老 蔡某出任台灣領導人。

春老遲英開半殘，何堪搓眼再三看。念中人事變初定，峽裏海波翻欲瀾。遠樹危枝侵野鶩，謂美、日控制台灣也。流沙仄坂下泥丸。丈夫閑卻風雲日，飽暖捫心未是安。

聽郎朗

從容法度大師同，並世其誰與角雄？頗怪表情多動靜，教人絕倒樂聲中。

聽王羽佳

老去心聲孰與諧？曲音鎮日滿書齋。一琴練就萬雙手，還喜精靈王羽佳。

八十生朝感言示仁學會諸子

八十時光水逝東，浮漚去盡海濛濛。回潮鳥語猶能辨，老耳冶長差未聾。公冶長識鳥語。春去秋來思慢活，縱阡橫陌信能通。熊羆猛士點檢在，相與雲山歌大風。

秋空無雲，忽傳國明兄離世，默仰諸天，成斯二絕

其一

壁上梅圖紅放花，十年相對早烹茶。梅花猶在君何處？料到諸天涯復涯。

國明兄為余作紅梅圖，掛廳壁，余早喫茶對畫，悠然有見南山想也，今也物是人非矣！

其二

孤清萬古羅浮月，移照斯人香海墳。一錄龍城誰與讀？任教梅雪落紛紛。

小詩寄神州十一載人飛船雙雄

帶國人眸上太空，喜看萬里九州同。飛船若越臺灣島，萬囑歸來趁好風。

怒斥港獨狂徒二首

其一

一寸山河一寸血，當年抗日入雲呼。大刀橫斷今應出，斬汝狂言港獨徒。

其二

亡我無人竟自亡，羊圈何意育豺狼？斟情酌理殊多事，中國全民出主張。

倘見外星人之聯想四首

其一

得見唯於動畫，逼看未必堪憎。人皆稱汝高智，君或嘉余簡能。

其二

倏然一見揮別，再會應期萬年。汝且太空來去，我猶詩酒流連。

其三

想像何難想像？最難想像成真。白日終歸黑夜，超人泰半痴人。

其四

光速何如命速？異人一樣常人。四處鶯花應景，明朝零落隨春。

過黃遵憲人境廬二首

其一

海立雲飛二百年，先生讜論尚鏗然。廬中陳列文存，中有力主清廷保衛琉球者。彎腰讀罷強昂首，好箇梅州秋日天。

其二

擺下清言與雅言，能書心畫即雄篇。雲天公識通時務，豈住柴灰糞土邊？

過蕉嶺懷丘逢甲

其一

心鐵難支天柱傾，抱歸磨礪鍊堅貞。謂內渡梅州蕉嶺。虎旗一晃留青史，正待明朝閱太平。

一八九五年，馬關條約既成，公與唐景崧建臺灣民主國，繼續抗日，國旗藍地繡一虎，今存臺灣博物館。

其二

同光體外一雄師，浩氣高歌不尚奇。風雨河山助豪壯，海藏應愧讀公詩。時鄭孝胥以詩鳴，惜投日，可憎也。

過五華二首

其一

指點梅州遠近村，千年風烈此中存。故家黃酒攜將去，一酹詩魂與國魂。謂丘逢甲、黃遵憲、謝晉元、温生才、羅福星、黃伯韜諸鄉先輩。

其二

海角歸來老裔孫，鄉音十一喜猶存。五華在望欣翹首，要認吾家李氏村。

梅州採茶

廿年茶樹不娉婷，競摘何須更問名。要折寒藤三五尺，歸謀活水向秋烹。

梅州摘柚

看雲崗上欲拏天，一展余懷納自然。最愛滿林垂綠柚，摘歸儲好接新年。

茶山

雲繞黏天五指峯，雁鳴湖裏水涵空。眼前寸寸橫秋色，黑瓦素牆楓染紅。

望夫石

一自洪荒別，滄桑未改情。山頭日風雨，疑是喚歸聲。

寄偉標黃河壺口二首

其一

源自高原色自黃，為吾華夏寫文章。波瀾起伏滄桑土，永是同胞大故鄉。

其二

壺口風雷日壯哉，黃魂浩蕩此中胎。余懷渺渺隨詩寄，期汝臨河讀百回。

知偉標抵河南三門峽二首

其一

萬白天鵝來過冬，三門峽裏吼霜風。君懷內熱應知味，可有詩情一樣同？

其二

三門峽，今日來初客。來初客。縱目昂頭，猶嫌天地窄。天地窄。收拾心情，吟詩直到東天白。

再寄偉標壺口三首

其一

尚在西安否？行歌應未休。古都風物美，還此好勾留。

其二

華清一池水，白傅墨留痕。謂〈長恨歌〉。此日娥眉死，寧非報主恩？

其三

壺水鳴天地，長虹瀑上生。黃河方起步，幻作一龍行。

二〇一七年

新年雜著十首

其一

不辨清言與雅言，有言隨寫即成篇。推窗似覺春來早，好箇海涯臘月天。

其二

怕近年關力豈窮？祇嫌關路亂西東。閑門一閉過旬日，無客推敲偶冷風。

其三

平生不作辛酸語，縱有辛酸罋我懷。別久東君勞苦待，明朝肯為過寒齋？

其四

競節花枝色嫩新，還需細雨為輕勻。忽聞淅瀝傳清曉，造物為吾粧點春。

其五

春風有意營花國，百卉輸心莫再疑。好景豈應存想像？出吾筆下即雄奇。

其六

江山花草茁新芽，燕雀春前是一家。燈上元宵人入市，寧將清夢寄天涯？

其七

枝老瓶深水換新，花光應為照青春。白頭不負圖書約，倦眼還攤日數巡。

其八

有時默坐想朋儕，風雪關河東復西。雙耳半聾欹枕聽，尚能殘夜辨荒雞？

其九

白髮花枝共茁新，相看人物共爭春。青蓮達語今參得，且作浮生夢裏人。浮生若夢，為歡幾何？

其十

跨年一病臥春風，雙眼留看夕照紅。正是吾生好時節，琅琅不斷與君同。與仁學會諸子講習、誦詩。

送志光、婉儀遊北極二首

其一

明日君遊北極，應知是主非客。天地與我同始，開懷共照顏色。聞北極光甚美。

其二

汝倆橙衣點綴，極光藍綠飛揚。可攜奇色盈袖？歸來一灑詩觴。

春日寄懷陳沚齋羊城

羊城一別廿餘春，珠水雲山夢裏親。商略今時風物美，依稀猶記過來人。余四至九齡居羊城。迷陽世路傷行曲，虎豹九關徒用瞋。康樂園中花鳥鬧，君家所在。何須王粲更來鄰。

偉標傳來西安鐘樓用餐圖像十幅，寄一小詩

長安十日開懷了，可有漢唐神采收？壺口幾回聽瀑布，今攜淨耳上鐘樓。

三月

三月海涯春寂寂，百草千花作寒食。天容雲影落參差，去浪來潮攬空碧。白鳥時呼三兩聲，重起向冷漁樵情。樓臺如夢星星夜，有客無眠雙眼明。

感事五首，時香港特首選舉

其一

高材疾足從來少，見《史記・淮陰侯列傳》。失鹿亡羊無奈多。競逐方囂且塵上，廿年人政實蹉跎。

其二

歷史長河急緩流，教人時喜復時愁。平生心事關家國，到老依然未稍休。

其三

枯坐無端到夜闌，遠郵燈火閃生寒。春光一點如留得，明旦花枝寸寸看。

其四

躍馬橫戈戰一羣，塵埃落定見真人。島民共道佳時節，魚躍鳶飛始是春。

其五

燕燕巢巢守故梁，廿年海角共炎涼。華堂又換新人了，振羽明朝聽主張。

赴日，機過東海上空，即成一律，告臺獨分子

波瀾腳底不曾平，東海倭奴發戰聲。已分敗降知洗革，寧知心面更猙獰。江山久待歸歌舞，血脈相連是弟兄。莫認讎仇作君父，自成遺臭萬年名。

悲核戰四首

其一

相離大戰無一寸，忍見人間生死場？豈是逞強唯賴殺？天胡此醉下民傷。

其二

各陳核彈已成堆，足毀全球數十回。煙滅可能需百日，外星人笑指飛灰。

其三

百年諾獎設和平，誰為和平籲一聲？人是至愚還至智？文明再戰化煙輕。

其四

二戰云終七十年，何堪紛擾日相纏。嗟嗟半亂人間世，黎庶淚枯呼仰天。

賞櫻

我來值春暮，櫻花開過半。詩人懷初心，睠然猶可玩。凡物之美者，得時自燦爛。何須戀長期，吁嗟發心恨。吾身也如此，筋骨無昔健。軀體見龍鍾，行邁豈忍斷？柴桑不可期，箕山早云遠。守拙任淹留，無成亦無怨。明日坐朝窗，雪鱗賞萬片。

宿白馬山莊

斷續山風捲落櫻，淒迷燈火若為情。堅冰未泮溪嗚咽，似隱人間殺戮聲。時朝美核戰猶矢在弦上也。

曉坐白馬湖

湖上人家背雪山，一二三漁艇載魚還。垂綸結網非吾事，只道乘時一味閑。

自日返港機上作

目寄南雲認故山，三千弱水載瓢還。波瀾起伏東南海，中有魚龍不耐閑。

丁酉端午前八日，仲寶教授來會沙田，話舊痛飲，悲喜之情如鷗波起伏也，程中山與焉，成二短章

其一

尊前三尺海天寬，不信人間有二難。五月榴花紅勝火，今宵寧向醉顏看。

其二

合眼聽君說舊遊，西風紅葉落清秋。聲容寧礙人天隔？長是心波不散鷗。

巴拿馬忽作斷交後，詩寄臺灣民進黨人

百年盟誼亦終寒，迷夢醒來失舊歡。莫怪彼邦傾勢利，應知汝黨實凋殘。跳梁小鼠寧成事？粉墨母猴猶戴冠。焦尾正聲應不失，看誰移柱一重彈？

報載臺灣蔡政府已自國史科剔出雙十革命、抗日八年二大事，憤成二絕

其一

亡人之國須亡史，蔡政府人先自殘。抗日八年雙十事，竟成烏有子虛看。

其二

朱三王八日蜂喧，共灌空心菜一園。斯物如堪充鼎鼐，教人從此廢盤飧。

仁學會課「廣州方言尋源」四首

其一

古云「詼詭」今「縮骨」，詼詭，《莊子．德充符》「詼詭幻怪」。縮骨，廣州方言。「墮落」「豆泥」源本同。墮落，《漢書．宣帝紀》「髮齒墮落」。豆泥，廣州方言。學者能知是音轉，方言國語意全通。

其二

「巴閉」原從「寶貝」來，寶貝，漢《焦氏易林》「喪我寶貝，妻妾失位」。巴閉，廣州方言。「雲吞」「混沌」亦胞胎。混沌，漢班固《白虎通．天地》「混沌相連」。雲吞，廣州方言。語言分化方言出，疊韻雙聲眾口摧。

其三

「折墮」「折磨」通一意，折磨，白居易詩「多中更被愁牽引，少里兼招病折磨」。折墮，廣州方言。「求其」「隨意」亦相侔。隨意，王維詩「隨意春芳歇，王孫自可留」。求其，廣州方言。雙聲疊韻同源字，形異義同疑可休。

其四

前賢拓土我來遲，余年七十自修音韻學、方言學。獨對遺篇有所思。假我數年能少得，老梅花放幾寒枝。

偶會

得會千場皆偶會，最難能作會中人。用奧哲維根斯坦意。紛紜世事多重複，酒話聽餘莫認真。

寄亭亭亭客

亭亭亭畔樹，葉葉發新青。寄語攜壺客，沉酣換獨醒。

廣州長堤晨步偕內人

珠水南流日起東，白雲越秀念中雄。師娘唱歎今沉寂，余七八齡隨先父聽師娘曲於長堤大同酒家。傾耳長堤秋岸風。

廣州沙面

白鵝千載去紛紛，沙面猶存建築羣。謂列強圈地營舍。今日重來感昔日，難尋一客話瓜分。百年國恥。

新涼

新涼朝已入窗扉，微動先生架上衣。好夢未圓休再續，莊生早惑是耶非？

痛悼鴻鈞胞兄

風雨相隨患難情，同歌唐棣把枝榮。分攜每覺如初別，相聚真疑是隔生。兄以病身，廿年間去回加港十餘度。魂返故山非異縣，居安冥室盡知名。葬沙頭角家族骨石室。待歸共食緣今了，心上時回喚汝聲。見《魏書．楊椿傳》。

十月廿六日讀報感言

大國強軍夢向圓，要看白日住青天。百年痛史應牢記，莫作流雲過眼煙。

八十一生朝願言

其一

慢活餘生水緩流，偶涵雲影載霜秋。殘書數卷成知己，一日相違意不休。

其二

人工智慧囂塵上，器械人勤代四肢。春夏秋冬但遊戲，不須勞動有薪支。

晨興寄台灣文幸福

一水盟鷗兩島，三間老屋新田。歸來料理杯盞，老興莫許成煙。

吟哦

少時常作三更起，推枕披衣易一字。中年夢裏偶成篇，零意碎詞率漫與。如今夜坐不成吟，反問為詩竟何事？餘生歲月獨安排，唯向灣樓默默住。

夜渡

繁燈圍海月流空，夜送樓臺出畫中。夜中山城、香島之美誠如是也。默視掌心瑜一片，隨波上下較玲瓏。

鄉愁

漸了鄉愁剩國仇，國仇如海尚橫流。神州大地炎黃血，要竭東瀛水洗休。

觀天

星辰羅列竟如何？點檢天狼閃爍多。主侵略，主殺。莫謂今人更迷信，觀天與古不同科。

奇想

將軍澳上列燈牆，乍見真疑宇宙光。可得外星人入座？星辰指點話洪荒。

加國樹芬以自畫「萬紫千紅總是春」聖誕咭見寄，報以一絕

萬紫千紅總是春，一春過後夏成新。光陰冉冉成深憶，同是清陰裏坐人。王荊公詩：春風取花去，酬我以清陰。

二〇一八年

亭坐見黃柑

二月春醪料熟成，黃柑亭角燦新晴。待攜柑酒聽鶯去，我慕戴墉思步兵。攜斗酒雙柑聽鶯，見唐馮贄《雲仙雜記》。

待朋

白髮李郎人更癡，待朋清話忘前期。寒宵假寐得無夢，月落參橫渾不知。

頌梅

紅紫江山萬里程，原來花國有前盟。寒梅雪裏先春放，不與牆頭桃李爭。

對窗

連山草色綠初勻，燕不曾來未算春。見說前村桃李好，還須蹊上問行人。

新歲之來前夕，俞惠南來短訊云一生不知所謂，報以小詩，本莊生有謂無謂同一意

不知所謂是常情，何用有無分重輕。過了今宵又新歲，明朝發願樂餘生。

謝呂向平為余剪髮除夕二首

其一

自撫頭顱過歲，無情霜雪添新。燈下三梳兩剪，鏡中重見精神。

其二

半世勞人草草，一頭散髮蕭蕭。美意謝渠今夕，花枝羡我明朝。

端裔自加歸聚旬日，除夕又云歸去，春寒不樂，寄懷一章，以道別情

少日時光倘倒流，憑高惟願扯旗頭。山名。白雲珠海天邊遠，仙嶺獅山眼底收。呼喚慣從星月夜，笑談未到稻粱謀。浮生幾度風花聚，相顧開眉一笑休。

有感

問學貴傳承，豈容用機巧？自矜十九門，用世無一道。日惑三五徒，天花墜頭腦。褦襶應聲蟲，叩頭不了了。為之作揄揚，高抬至國寶。一級紫荊章，竟針到斯老。島上貞固人，能不為絕倒？

「李大師」詠四首

其一

不從大處談人事，高論千回總是偏。一舌廣長嬉笑出，蓮花非燦亦非鮮。

其二

五百年間白話文，應隨時俗幾番新。語言文字皆公器，管領風騷豈一人？大師云其白話文五百年間獨居第一。

其三

公安真率竟陵醇，明代文學流派。紅紫文壇各佔春。心畫心聲隨世易，鍾袁今誦已無人。鍾惺、袁宗道、袁宏道。

其四

雜學餖飣無一精，矯情玩世得成名。大師自拍大型裸照以示人。強從國故論人物，優孟之儒恰重輕。

報載韓國文、金之會，讀後有感

六十五年休戰場，今來兄弟要思量。可能一握沃焦土？涕淚萬家猶異鄉。久厭會盟談娓娓，徑須劍履及堂堂。炎黃縱有千秋計，頭白猶躭細碎商。

感事三首

其一

平生學問十三門，點檢那門堪一看？如此大師能不朽？江河寧信忽全乾。

其二

運水搬柴都是道，堂堂行世不模糊。「北誰南某」渾多事，面目示人方丈夫。

其三

可憐飲鴆成甘露，猶事效顰過富門。火近濡需應早出，方知域外有乾坤。見《莊子·徐无鬼》「濡需以此域進，以此域退」，臺灣民進黨人皆如是也。

大會堂觀前經緯書院藝術系同學作品展，得見藻華、麗華、二蓮、文鋏

其一

天公留老眼，飽看好山川。愛汝渲染筆，添渠花草妍。無心補造化，得意在毫顛。
歲月同回首，崢嶸五十年。

其二

人世嗟遷變，歡顏記舊時。生存各隨分，水墨表相思。斷島棲吾輩，風光是畫詩。
更無歧路泣，來去莫違離。

報載臺灣蔡某擬要美軍參加漢光軍演

外力徒滋禍，童蒙不解危。甘肥俎上肉，牛鬼暗中窺。深讀前朝史，連橫《臺灣通史》。曾無一字欺。休將傀儡淚，重向悔時垂。

香港翠亨邨酒家喜晤陳永正，志光、婉儀、中山與焉

廿載悠悠豈默過？君詩寄我我常歌。春風秋雨感時節，越秀白雲今若何？行邁艱難猶古道，激揚文字喜同科。握中杯酒休輕放，要為蒼顏染醉酡。

戊戌七月陳沚齋自穗來聚，席間余大談羊城童年往事，而沚齋復補敘今時風物，樂何如之？即成一律以寄沚齋並柬黃志光、程中山

日指南雲寄我情，江波來去答心聲。如歌歲月嬉芳草，入畫池塘媚晚晴。芳草街，雅荷塘，余兒時嬉戲處也。話舊意深連細語，教人夢醒記初更。長車朝發能朝至，高鐵通車。待展吟懷重結盟。

戊戌迎月之夕，敬悼高錕校長二首

其一

明月能通不待橋，光纖入屋在今宵。廣寒又見嫦娥舞，要向斯人三折腰。

其二

多元統一在單元，天納星羣不覺繁。此後千年電腦族，開機前後記高錕。

高氏曾云：「千年以後，人類猶得用光纖。」其豪壯自信之情有如此者。

偕文在我赴清遠，晤雁秋、廖斌、經綸、超華、李平諸公，暢飲連日

十年未聽北江水，夢裏時聞猶壯聲。今來一照滄桑影，歲月之痕非昔平。非昔平，未堪驚。點檢樽前多友生。明朝更續今朝約，共暢老懷無限情。

喜程中山伉儷來與仁學會二首

其一

不仁天地是無私，老就自然而說之。老子。未免有情同苦樂，故應珍重在今時。

其二

好鳥嚶嚶待汝來，氣求聲應樂徘徊。人間大笑相看得，花向詩心此夕開。

題華僑學院創校八十周年紀念晚宴二首

其一

鵝湖瀲灩映天光，白鹿呦呦鳴未央。舊日絃歌心上調，今宵重聽此崇堂。

其二

八十年過迹未陳，重逢盡是讀書人。渾忘身老歡談笑，再現舞雩三月春。

寄偉標華山

華山海拔數千尺，上接浮雲天作冠。遊罷知君自得意，寄詩吾作畫圖看。

偉標過韓愈故居，寄詩一章

八代文衰起是人，如今心畫見精神。煩君此去問焦作，山石猶生前日春？焦作，韓愈故鄉。〈山石〉，韓愈名作。

日本甲州山寺聽秋二首

其一

木葉來風秋欲潮，山楓遙領唱蕭蕭。沉沉老境今初覺，最美時光是寂寥。

其二

詩成縱使無人會，壘塊吾胸欲向平。得酒今宵應細酌，祇容老耳入秋聲。

懷先師梁簡能先生

德學非天授，沉潛修養深。真情寄大筆，詩語是精金。索隱徒行怪，人師我力任。雲泥久殊路，師逝世二十七年矣。孺慕到於今。

題梅州蕉嶺丘逢甲嶺雲海日樓四首

其一

志士棲遲有此樓，梁筋瓦骨不知秋。大人言行唯從義，豈是沉冥到死休？

其二

西山無木負精禽，絕島東南痛陸沉。賴有斯樓供俯仰，嶺雲海日寄初心。

其三

堂堂元氣鬱千詩，大度泱泱不尚奇。當日騷壇數陳鄭，散原、海藏。吾還高舉蟄仙旗。蟄仙，先生號。

其四

奉親且作漁樵隱，到處名山可掛單。上二句，先生離台詩語。語意尋常壯在骨，浩然改寫別離難。

陳江耀退休大理院

必也使無訟，望雲思孔丘。橫空稀過鳥，息意下重樓。愛汝同吾好，讀書忘白頭。舊藏今始美，佳日飲春秋。

平安夜口占

平世何須出聖人，每於苦難始聽聞。兒時曾唱佳音去，困惑到今猶十分。

除夕二首

其一

花花欲語人，看似解人意。即買兩三枝，點粧除夕去。

其二

飢者待朝饔，兒童樂守歲。今宵老去人，見榻思甘睡。

二〇一九年

山頂行三首

其一

春入山城花未開，島人豈為看花來？蜂房蟻穴抽身得，海意天容認幾回。

其二

腳下繁華車馬忙，摩挲老眼懶端詳。雲飛海立百年變，山北水南猶故鄉。

其三

登臨非樂亦非愁，零碎無端憶舊遊。倚遍危欄舒遠目，斜陽紅透海西頭。

桃李

草沒東西陌，烏呼無過客。春風一拂來，顏色能傾國。

流水

流水分南北，浪生頭競白。閑鷗來以時，晞羽江邊石。

日本德成天皇退位講話

僥倖不再戰，原話。老皇心上聲。商量此安倍，未必解平成。其年號。釣島猶思奪，中華要礪兵。冥頑有如此，一副可憐生。

讀李清照題浙江八詠樓

江山留與後人愁，原唱。千古登臨感慨休。七字寥寥萬鈞力，江山留與後人愁。七絕首末句同，東坡有此製。

謝曾廣才贈西湖龍井

雨後明前一例同，西湖長蕩此杯中。愛他數片浮沉綠，坐我六橋楊柳風。

聽雨

始覺無眠好，風窗徹夜開。青春疑在道，先送步聲來。來聲不斷絕，造我芳菲節。明旦履幽蹊，人花相對悅。

望遠

春老山城綠漸肥，樓臺三五點紅稀。白雲天際解人意，暮雨來前收舞衣。

春歸四短章

其一

花草未經眼，春來去失時。人天斷消息，何以慰相思？

其二

不是悲人世，春光那得愁？淒涼思宋玉，語語欲悲秋。

其三

朋儕隔山海，寂寂味餘生。微訊偶然至，但抒懷舊情。

其四

田園在枕席，夢囈到桑麻。不羡銜泥燕，去來忙造家。

經港珠澳大橋事澳門遊偕仁學會諸子二首

其一

長橋牽夢竟成真，飛鳥游魚向我親。地北天南了無隔，從今樂作港珠人。

其二

香火煙中認舊盟，竹林禪院拜劉抱樸。寫真眉目見分明。春陰半畝清閑坐，談笑猶延去日聲。謂仁學會員。

澳門有懷劉抱樸、常恕齋

魂猶抱樸竹林寺，常恕齋餘筆墨香。秋月向殘吟定未？曉風微動大中堂。

竹林禪院拜劉抱樸

竹林禪院幽冥宅，中有閑魂是故人。飽看春花與秋月，後身原是續前身。

讀陳后山

詩人豈以詩為業？文字苞苴亦可悲。別有苦心陳正字，閉門覓句解其誰？

讀李義山

解了疑團復謎團，玉溪詩索解人難。藍田滄海迷離甚，李詩「滄海月明珠有淚，藍田日暖玉生煙」。合向綠楊枝外看。李詩「迢遞高城百尺樓，綠楊枝外是汀洲」。

讀陸游

鐵馬樓船事已蕪，陸詩「樓船夜雪瓜州渡，鐵馬秋風大散關」。興酣每讀一高呼。小樓深巷聽春雨，陸詩「小樓一夜聽春雨，明朝深巷賣杏花」。明旦臨安待首途。

讀黃山谷

拗峭清奇翻又新，黃山過雨度松雲。森嚴詩國陳兵馬，突發重圍一勁軍。

讀白居易

昔時班上齊朗誦，十九先為長恨歌。今擬琵琶行首唱，少年同學在無多。

讀謝靈運

百年心目傷烽火，與慰祇憑山水詩。每念自然終不滅，謝王韋孟讀多時。

讀元遺山

蘇黃韓杜是精金，再冶洪爐鑄汝心。亡國之音以詩出，教人讀罷久沉吟。

讀杜牧

少日疏狂擬樊川，高樓歌酒樂留連。如今老去艱行腳，暗誦春風十里篇。杜詩「春風十里揚州路，捲上珠簾總不如」。

讀蘇軾

萬里心流轉折行，一波才落一波生。文章八陣圖今廢，待看誰來整甲兵？

讀李白

平居無俚讀公詩，攬月青天樂叵支。曾向少陵歌此曲？謂〈宣州謝朓樓餞別校書叔雲〉。定開野老日愁眉。

讀杜甫

淒涼天寶千年後，戰亂人間尚血腥。一代應生一杜甫，不然誰與說生靈？

讀韓愈

百代文章貴自然，自然百代得新鮮。昌黎七古崇泰華，首唱終歸山石篇。

讀劉禹錫

山圍故國周遭在，潮打孤城寂寞回。上二劉詩句。懷古蒼茫出清壯，教人低首重徘徊。

讀屈原、陶潛

飢來乞食醉而退，想見淵明真氣豪。解道靈均寸肝肺，何須字字究離騷。

手機頌

朋儕隔山海，堅守餘生約。日來一微訊，進我同大藥。大藥延性命，手機遺歡樂。萬里傳心聲，直教人雀躍。所言豈在繁？平安已不惡。春樹暮雲詩，從今可廢作。禮拜科技徒，於老未為薄。微信用「華為」，手機名。世界無寂寞。

聽捷克斯美塔那交響曲《我的祖國》

浮沉國脈總連心，萬里江山寸寸金。曲作長河千百轉，伏爾塔瓦河。有時忽起怒龍吟。

斥川普

摧殘微信壓「華為」，割裂雲天禁鳥飛。平等自由看此客，終然禽獸脱冠衣。

追悼臺灣大溪楊震夷兄

人間俯仰非華屋，別後存亡總上心。大地風雲激慷慨，幾回歌哭共登臨。逸材竟作千秋隱，寶劍何慚百煉金。楊兄退役後任臺灣《新生報》主筆。割裂河山修補得，我來重釣大溪深。楊兄退休後隱桃源大溪。

追悼臺灣張義昌兄

塵埃野馬去來車，牯嶺長街日訪書。張兄創人文書舍於臺北牯嶺街，專營古罕本。倜促一廛朝夕裏，商量千卷劫焚餘。謂相與討論殘爛古籍。南腔北調推心得，搔首舒眉識面初。乘彼白雲輕此別，帝鄉俯仰近何如？

書事十首

其一

民主自由，應分利鈍。今汝狂徒，藉斯為亂。

其二

黑罩蒙面，留眼一線。縱火揮刀，撩警鏖戰。

其三

有頭無腦，聽奸人道。萬劫難回，自喪其寶。

其四

回頭是岸，前途未斷。毋使親者，痛汝糜爛。

其五

香港從來，中國領土。豈能獨立，再飫豺虎？

其六

英退美來，又翳香島。進窺大陸，我心如搗。

其七

更有臺灣，嚚嚚惡媼。抗言裂中，蛇鼠在抱。

其八

殖民遺毒，虐我民族。從此昭雪，同歌同哭。

其九

反對黨人，徒費公帑。成虎成倀，何堪再養？

其十

顏色革命，慎勿聽取。同在一林，共珍毛羽。

秋懷

島入菊花節，南山何處尋？淵明去我遠，語默無知音。短曲紀行邁，待寫入幽琴。
古今不同調，變調非吾心。

晨步長洲東灣

晨鳥吱喳浴綠肥，山家錯落點紅稀。碧波烏艇猶相待，蒼狗白雲胡不歸？

獨坐

少年心事語流雲，慣倚欄杆到夕曛。默對西風今獨坐，待聽黃葉落紛紛。

電視觀「十・一」軍檢四首

其一

我愛方隊，勇外仁內。兀立地球，堂堂無礙。

其二

軍行方陣，與時俱進。老眼看餘，還想堯舜。

其三

長江黃河，浩浩蕩蕩。夾雜石沙，無害其壯。

其四

回首百年，多少悲愴？力振中華，發無窮量。

生朝秋蘭貺碧螺春

人間春尚遠，心上已先歌。今夕碧沙舍，志光宅。齊來分碧螺。分茶百戲。

海角九日口占二首

其一

滿城風雨葬重陽，地下人間各斷腸。縱有菊花堪插髮，鏡中種種已成霜。

其二

詩書撐腹是餘糧，暴亂六日不出，忠漢來訊，問家有糧否？好趁重陽賦一場。摩詰樊川都已矣，有人風遠立風霜。

【附：詞二首】

鵲橋仙・和偉標韻

來詞超邁。知君爽健，參透三無一漏。舊園滿眼尚芳菲，有桃李、娟然清秀。　儲酒盈尊，無言長待，得汝歸斟左右。明宵又聚亭亭亭，縱夜深、還邀星宿。

鷓鴣天・寄偉標和其韻

又向北歐萬里行，遙知到處有逢迎。登山臨水好風景，寄意傳詩真弟兄。　開懷抱，樂平生。俗物眼前一瞥輕。人間來去應毋住，酒畔沉吟要獨醒。

跋

程中山

李鴻烈先生為香港土生土長之詩人，其「風遠樓詩」傳誦兩岸詩壇數十年，享負盛名，可謂當今首屈一指之大詩家也。甲子歲，臺灣《新生報》刊其《風遠樓詩稿》，一時紙貴洛陽。三十年後，歲次癸巳，先生續印生平詩文為《風遠樓詩文稿》，海內詩壇聞風爭購，臺灣報人石永貴先生更撰鴻文，推崇備至。及後五年間，先生詩興猶饒，又得古近體詩三百餘首，近編為《風遠樓詩稿三編》。先生生平為詩，剛健沉雄，豪邁不羈，絕不沾染陳腐恬熟之筆，獨博取唐宋諸大家，奇思壯采，雅醇真摯，信可傳百代也。先生年屆耄耋，巍然大老，耳聰目明，豪氣依舊，平居詩酒自娛，佳作迭見。觀《三編》之作，短句淵雅可誦，長篇則合敘事議論抒情為一體，精彩絕倫，且題材多變，懷人則情深一往，憶舊則感人肺肝；歌抒懷抱，則哀樂無端；盱衡時局，則言必有中；至慷慨激越，議論縱橫者，時不多見也。余生也晚，蒙先生不棄，時招談詩論世，親聞謦欬，受益良深。今繼《風遠樓詩文稿》後，先生亦以《三編》囑余校刊，余惟存護香江文獻，弘揚古典詩文，責在後生，安敢言勞，乃綴數言略述編纂因緣，並申景仰之意焉。二〇一八年冬後學莆田程中山敬跋於香港中文大學馮景禧樓。

【書評】

李鴻烈著、程中山編：《風遠樓詩文稿》（香港：匯智出版，二〇一三年）

李鴻烈詩名響遍全台

石永貴

很幸運的，偶然的機會，我在主持《台灣新生報》任內，得追隨海內外中華文化的志士仁人，耕耘一片詩文天地。

這是我收到「香港古典文學叢書」，程中山編，李鴻烈大著《風遠樓詩文稿》偉著的心得。

六十年代，台灣除了「台灣」，並不為人所熟知，如果說是孤島，並不為過。不少中華兒女，以孤臣孽子的心情，從四面八方來到台灣，他們抱着與台灣共存亡的英雄壯志，來到這個不為人知的地方。

他們各有所本，卻各有所持，所本所持的就是中華民國不會亡國。

他們可以說一無所有，所有的就是打拼天下的精神：越苦越難就越發揮他們的精神。其後，形成調景嶺精神、台灣精神，為世人刮目相看。

這些人真是臥虎藏龍精神，深受西方新聞媒體稱譽。

就獨闖天下英雄人物而言，李鴻烈先生就是其中之一。

李鴻烈從傳統走向現代，其人其詩，令人稱奇。他不是軍人，但卻具有軍人的性格，可謂無險不入。

他最有資格成為當代文學家，一九五六年，考入香港聯合書院第一屆外文系，然而志不在外文，而導向中文系，這是異於一般年青人的志向。

李鴻烈對於台港的熱愛，全傾吐於一九六七年至一九七八年詩稿，為《風遠樓·丙戊稿》贈台港詩友，誠如編者程中山所指「今極罕見」。序言中云：「集以『入國』名者，紀故國也；以『海涯』名者，紀吾生也。」可知「入國集」乃指遊故國中華民國台灣之詩集。

尤具意義者，收在「入國集」最前三首，乃李鴻烈一九六〇年大學畢業時遠遊台灣一個月間，前往金門島前線之作。

一九六〇年，正是八二三金門炮戰後二年，雙日依然炮聲未斷，看危機萬分，李鴻烈卻毅然登島，親睹戰爭進行實況，並有感而發出動人的詩篇。其勇足可與二次大戰記者之神恩尼派爾相媲美。

李鴻烈所寫下的戰地詩篇〈古寧頭贈某長官〉：

古寧頭角尚崢嶸，半壁東南賴此撐。撼海有瀾呼祖逖，回天留命恥田橫。廿年去國空歌哭，一戰何時決死生？久熱中腸消不得，明朝荷戟與君征。

李鴻烈特別嚮往戰地，也崇拜戰地英雄。對名馳中外的金門古寧頭是如此，對成名於守衛盧溝橋死於金門戰地吉星文「大星豈料海南沒，今日還看天北昏」(〈金門弔吉星文將軍〉)也是如此。

的確，正如程中山在《風遠樓詩文稿》一書中所指出：「李鴻烈雖為香港詩人，卻不囿於一地。」台灣卻能獨受其惠。在他的詩文開花於東亞，台灣因受戰地感染，最能投李鴻烈的氣味，無論一時長居或多時來往，他都把熱情貫注於台灣人文一草一木。

由於傳統詩的媒介，一時台灣詩人從南到北，活躍異常，並在李鴻烈先生熱情引導下，作客香港，成為南中國海詩壇盛事。一九八一年，李鴻烈榮獲「台北四海同心聯誼大會」頒贈的「愛國詩人」之榮銜，真是名至實歸。由於李鴻烈熱心奔走，詩文引線，台北香港成為詩的平行線。令人嚮往，更令奔走者引為驕傲。

其中，出力最多人才匯集者為《台灣新生報》。《台灣新生報》，由於歷史背景，無論傳統詩人，傳統詩讀者，都獨佔優勢。因為《台灣新生報》是台灣日治時代留下的唯一台灣報紙。具有報人水準的報紙工作者與散在各處的詩的讀者，都是漢文房的巨大力量。如台灣光復後，成為台灣大學中文系的台柱學者黃得時教授，就是代表。

「李鴻烈詩名響遍全台」，可謂得天時地利人和之助。

李鴻烈乃以香港華僑青年身分，以傳統詩走入台灣詩壇，成為港台代表詩人。而李先生在台灣的成就，在於廣交友好，以詩壇為聚散地。其中代表台灣詩壇即為《台灣新生報》的「傳統詩壇」。

「傳統詩壇」能深入民間，廣結各詩社之詩友。其中，最能欣賞李鴻烈之詩者，為曾文新、蔡秋金、楊伯西、郭茂松等在地詩人，「最重李鴻烈詩，交口推譽」。

曾文新最具代表詩之方便，因其創辦並長期擔任《台灣新生報》「傳統詩壇」社長。在楊震夷詩人指導與協助下，推行詩壇真是無往而不利。往往以詩人動態為天下第一等大事，如李自香港返台，曾夫子即在「論壇」內發佈周知。

曾文新為台灣代表詩人，醉心於傳統詩，台灣新竹人，著有《了齋詩鈔》。他幾乎與詩為命，如果沒有詩，曾翁與鴻烈，幾乎不可能成為朋友，但由於詩的關係，二人曾成為最密合的結合。

詩的魔力真大，李鴻烈一生與詩友作伴，從不涉入俗務。海內外友好滿天下，但所從事者皆為「雅」事，胸襟磊落。

李鴻烈一九九一年於香港新法書院退休後，更離不開詩酒生活。因為思想淵博，尤其躬親實踐孔孟生活，為士林所敬重，仍應邀各學社講授《論語》、《老子》、《莊子》、詩選等，與學子對談，好不快哉，學子真是如沐春風。

令筆者感動與感佩的，就是編者的用心細心的為讀者謀精神。筆者一面閱讀一面思考如何查閱原著，實在浩如煙海，「冀為近代文學史、香港文學史獻上一部極具價值之詩文集」。

如何查閱原著，對照閱讀，更為有益。本書編者作了最好的示範：「筆者曾翻檢《台灣新生報》歷年所載李鴻烈之詩，輯出詩評，注明日期，附錄於原詩之後，讓讀者更清楚了解李鴻烈詩歌之流傳情況。」真是有心人也。

〔本文原載二〇一四年九月台灣《僑協雜誌》第一四八期〕

*本文作者石永貴為前《中央日報》社長。

作品推介：《風遠樓詩文稿》

羅婉薇

李鴻烈先生的《風遠樓詩文稿》一書，包括〈風遠樓詩稿〉、〈風遠樓詩稿續編〉（一九八一——二〇一三）、〈風遠樓詞稿〉（一九五七——二〇〇二）、〈風遠樓文稿〉，以及〈師友贈言錄〉。收錄在〈風遠樓詩稿〉的詩又分載於〈入國集〉和〈海涯集〉，兩集輯有二百多首詩作；〈續編〉載有詩作五百多首。書中的作品部分成於上世紀六七十年代，今日讀之，不但沒有過時之感，反能讓讀者發思古之情；此外，從詩中所寫，同時亦可見作者當時的心思。

《風遠樓詩文稿》，內容豐富，題材多變化，地域跨越中港台澳。作者常以時事為題，上世紀八十年代，香港前途問題不但是中英兩國政府的重大議題，更是纏繞港人心中的結。鴻烈先生不但於詩中表達了上一代人對百年前割讓香港的感懷：「趙璧能歸縱是完，百年國史記辛酸。猙獰豺虎隨鷹到，血肉山河掩涕看。」（〈趙璧，香港回歸感事〉），而且寫出了當時港人對前途的憂慮，一時移民風熾。（可見〈海涯感事雜詩六首，時港鬧移民潮甚熱〉）

近日，中日兩國為釣魚島主權紛爭再起，兩國關係緊張，國人反日情緒高漲，中日兩個民族時因政治議題起衝突。早於八十年代，日本文部省篡改侵華歷史的事，便曾引起國人極大迴響。事過境遷，今天已甚少國人重提舊事，當日鴻烈先生義憤填膺，力斥日人「諱言侵略曰進入，殺戮出於自衛耳。是何言哉文部省？圖以遁詞亂正史。」（〈斥日本謬改侵華史〉）鴻烈先生對家國之情，可見一斑。黃坤堯先生於〈風遠樓詩稿續編〉修畢時，曾寫詩奉賀，詩中寫道：「梧桐嶺下遺民淚，書劍飄零入國秋。」（奉賀《風遠樓詩續稿》編竣）「遺民」一詞，或可反映鴻烈先生對家國的情操。反觀今天，也甚少人仍以「遺民」自居，先生之志，於此明鑒。

鴻烈先生的詩歌，有詠物，有懷古傷時，有與友人唱和，但無論那一題材，他都將個人情懷寄寓詩中，如詠阿里山神木，他寫道：「閱歷人間萬變遷，枝柯空際長風煙。……誰知志士存心苦？獨撫霜皮久惘然。」（〈阿里山神木〉）又如他寫澎湖：「裂土穿崖破石頑，眼前遺蹟尚斑斑。空存一片臣心苦，無補當年國運艱。」（〈澎湖西台古堡〉）

與友人的交往，鴻烈先生在詩中表達的，是濃重飽滿的情感，讀之令人動容，如〈題常宗豪遺作展六章〉、〈哭常宗豪兄〉、〈哭曾了齋詞丈臺灣〉；心繫友人安全的，有〈謝彩雲赴巴格達採訪，憂之甚切〉、〈電視見彩雲〉；寫遊記的，有〈四月東瀛見櫻花〉、〈登大雁山〉；詠史的，有〈秦始皇兵馬俑〉、〈孫權墓〉、〈秋瑾墓〉、〈南京梅花嶺汪精衛舊葬處〉，先生談汪精衛：「書生言救國，還待再深論。」近年評斷歷史人物的功過，有學者從不同的角度，提出新佐證，對汪氏再作研究。「還待再深論」，實為一客觀之言。

《風遠樓詩文稿》一書以詩為主，收錄的詞和文僅屬少數，而且作品多成於早年；至於散文，則主要為序跋，若能就這兩部分稍加增添，相信對讀者來說，一定大有裨益。今天在香港創作古體詩詞的人日少，綜觀全書，此為格律嚴謹之作，對後學肯定有正面的影響，並有助推動時人後學繼續創作古體詩詞。

李鴻烈作品推介

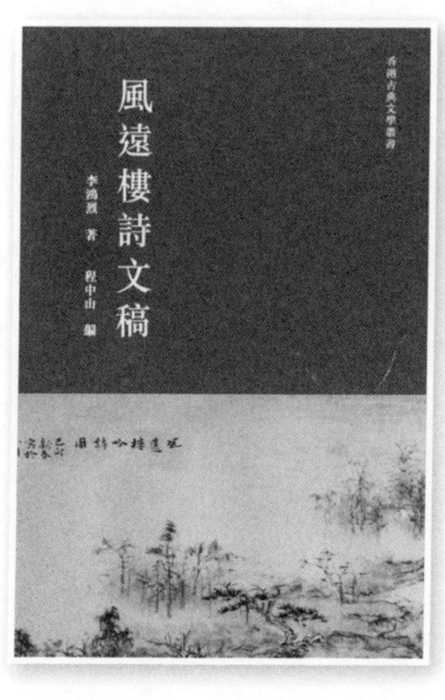

風遠樓詩文稿

李鴻烈

一九八四年，李鴻烈在臺灣出版《風遠樓詩稿》，風行一時。本書乃收錄李氏重訂之《風遠樓詩稿》，並新增《風遠樓詩稿續編》。編者亦為之輯錄詞稿、文稿、集外詩、諸家評語、師友贈言錄，附集而行，以便讀者更能全面了解李鴻烈之文學造詣。

責任編輯：羅國洪
封面設計：胡　敏

書　　名：風遠樓詩稿三編
作　　者：李鴻烈
編　　者：程中山
封面插畫：常宗豪
書名題字：馮康侯
出　　版：匯智出版有限公司
香港九龍尖沙咀赫德道二A
首邦行八樓八〇三室
電話：二三九〇〇六〇五
傳真：二一四二三一六一
網址：http://www.ip.com.hk
發　　行：香港聯合書刊物流有限公司
香港新界大埔汀麗路三十六號
中華商務印刷大廈三字樓
電話：二一五〇二一〇〇
傳真：二四〇七三〇六二
印　　刷：陽光（彩美）印刷有限公司
版　　次：二〇一九年十二月初版
國際書號：978-988-79783-3-6

香港藝術發展局全力支持藝術表達自由，本計劃內容並不反映本局意見。